www.tredition.de

AF186408

Abgebildeter Schauspieler: Simon David Altmann

T. van Stiv

Der Narr aus der Rue Lacine

**Die ernsthafte Komödie über
Blüte und Fall eines von uns**

www.tredition.de

© 2015 T. van Stiv

Verlag: tredition GmbH, Hamburg

ISBN
Paperback: 978-3-7323-3332-5
Hardcover: 978-3-7323-3333-2
e-Book: 978-3-7323-3334-9

Printed in Germany

Der Narr aus der Rue Lacine
Die ersthafte Komödie über Blüte und Fall eines von uns

Tragische Komödie

2. Akt einer Trilogie

von T. van Stiv (Pseudonym)

Theaterstück in neun Bildern mit unterstützenden/permanenten Musikelementen

Dauer: ca. 70 Minuten

Berlin 2013

Das Werk ist OM gewidmet

Kraftvoller denn je

Rollen (in der Reihe des Auftritts):

SPEKULANT/CONFÉRENCIER

BASTIAN

2. BASTIAN (jung)

MARTA

LUC

Präambel:

Der Komödiant Bastian erträgt den Schauspielerberuf bereits als junger Mann nicht mehr, weil ihn seine Übersensibilität erdrückt. Er verlässt das Theater in der französischen Kleinstadt und lebt unweit in der Rue Lacine mit Marta, seiner bald geschiedenen Jugendliebe, die ihn immer noch beherrscht. Sie treffen auf einen Spekulanten, der sich für das Haus der beiden interessiert. Sein Bruder Luc, mit dem Bastian gerne in einer komischen Leichtigkeit spielt, versucht dabei zu vermitteln. Nicht ohne fatale Folgen.

1. Bild

(Musikeinsatz)

SPEKULANT/CONFÉRENCIER (erscheint nach einem langen Weg, wimmernd und mit zugehaltenen Augen vor einem verhangenen Objekt, wie auf einem Dachboden, dann plötzlich aufgehalten)

SPEKULANT/CONFÉRENCIER (reißt die Augen auf und diese wandern von einer zur anderen Seite; ein einsetzendes breites Grinsen lässt erahnen, dass er ein Geheimnis kennt, das er den Zuschauern mitteilen möchte)

SPEKULANT/CONFÉRENCIER: Willkommen im Würfel der Glückseligkeiten, im Kubus der unangenehmen Wahrheiten, im Kasten der verflossenen Liebschaften und lustig vollen Erinnerungen.

(zieht den Vorhang herab; es erscheint ein großer Holzwürfel in mehreren Elementen, zwei Türen und zwei Klappen in unterschiedlicher Höhe sind zu sehen; eine Treppe führt auf die obere Ebene)

SPEKULANT/CONFÉRENCIER: Öffnen Sie Ihre Augen!

(tritt an den Würfel heran, streicht über die Flächen und klopft an die Wände und horcht)

SPEKULANT/CONFÉRENCIER: Sie wollen nicht wirklich wissen, was hier drin alles gefangen ist. Was verdrängt und verschlossen ist, gefühlt und fast vergessen ist, bis es wieder heraustritt und einen einholt.

(Es klopft von Innen und hämmert zurück; der Würfel bewegt sich, ohne dass jemand anderes erkennbar wird)

SPEKULANT/CONFÉRENCIER (weicht zurück): Sehen Sie, ich habe Sie gewarnt, aber Sie wollen nicht auf mich hören. Lästerliches und Ausdrückliches, Schabenhaftes und Witziges, Winziges und Belastendes, Vergangenes und immer noch Wirkendes ist hier verborgen.

(Eine Klappe öffnet sich und eine Tuchrolle entrollt sich wie eine Zunge)

SPEKULANT/CONFÉRENCIER: Uih, wie bösartig (lacht und läuft dann auf der Zunge entlang).

Ich lade Sie nun ein mir zu folgen. Aber passen Sie auf, dass es Sie nicht verfolgt (lacht hässlich, BASTIAN erscheint). Es hat viel mit Ihnen zu tun. Sehen Sie selbst…Hier in der Rue Lacine oder irgendwo anders. (geht ab)

BASTIAN (hält seine Ohren zu, schreit stumm, dann ernsthaft): Ich fange mit meiner Karriere an…die steht vor der Liebe…in der Rue Lacine unweit von Rochefort-en-Terre…an einem kleinen Stadttheater. Viel zu niedlich, um wahrgenommen zu werden. Jedoch wuchs im Laufe der Zeit das Publikum und ich hob ab.

(schaut zum Kubus hoch und beobachtet, wo der junge 2. BASTIAN erscheint, der jongliert oder Überraschendes zeigt und sich von den Zuschauern abgewandt verbeugt. Er fasst sich an seine Ohren, da er das einsetzende Applausgeräusch nicht erträgt; BASTIAN spricht weiter, direkt zum Publikum)

BASTIAN: Der Moment des Verbeugens war für die Darsteller des Dramas gekommen. Sie hatten eine lange Zeit gespielt und sich verausgabt; sich klein gemacht, um sich unmittelbar zu vergrößern. Jetzt holten sie sich ihren Lohn neben der ausstehenden Gage ab. „Das Publikum war dankbar", hätte ein Kritiker geschrieben. Aber es war mehr als Dankbarkeit, die der frenetische Applaus zum Ausdruck brachte.

(Musikeinsatz)

Die Akteure der Geschichte schwebten. Ein unglaubliches Erlebnis für die Darsteller, den Beifall zu empfangen. Aber auch ein beeindruckender Moment für die Zuschauer, denn die Schauspieler fielen nicht aus der Rolle, sondern blieben in ihrer Fassung, die sie die ganze Zeit behalten hatten. Jetzt wäre die Chance gewesen für sie aufzuatmen, loszulassen, um dem Publikum aufzuzeigen, dass sie Schauspieler sind, die jetzt endlich aus der Rolle fallen, um damit noch mehr zu beeindrucken. Aber nein, sie schweben und landen einfach nicht, waren gerade noch so nah und jetzt unantastbar. Sie verneigen sich brav vor den Zuschauern, aber ohne jegliche Nähe. Was für ein Schauspiel. Mehr als das Schauspiel.

Dabei haben sie nur geantwortet, denn davor war noch das Verhalten des Publikums. Das Verhalten vor der Verbeugung...

(Musikeinsatz)

2. BASTIAN (von oben auf dem Würfel sitzend, lässt Füße baumeln): Ich sitze in einem dieser undankbaren Rangplätze im Theater. Das sind jene der zweiten Reihe im ersten oder zweiten, gar dritten Rang. Nicht immer mit Preisvorteil, was alles noch viel schlimmer macht. Undankbar, weil jeder, der nicht auf die Bühne sehen kann, sich über die Vorlehner echauffiert, obwohl er selbst gelegentlich auf diesen vermeintlich billigen Plätzen sitzt, sich dann ebenso verhält, sprich: ohne Perspektivenübernahme. Nur mit dem Vorteil, nicht wahrzunehmen oder wahrnehmen zu wollen, dass andere keine Chance auf den Einblick auf das Geschehene erhalten.

Dazu kommt ein Sachverhalt, den ich mit einem lateinischen Begriff verniedliche:

Influenza. Beim grippalen Infekt klingen die Beschwerden nach einigen Tagen von selbst ab. Die echte Grippe dauert in der Regel länger und führt zu stärkeren Beschwerden. Aus den mehr oder weniger harmlosen Beschwerden können durch Ausbreitung der Viren und zusätzlichen Bakterienbefall auch ernsthafte Erkrankungen werden. Gefürchtete Komplikationen sind Lungenentzündung und

Hirnhautentzündung, die auch zum Tode insbesondere bei älteren und geschwächten Menschen führen können.

Liebgewonnene Menschen trifft es letztlich, im Theater wünscht man es herbei. Allerdings ohne Erfolg. Es ist ungerecht. Dafür schrei ich und werde es nie verkraften. Ich, der Misanthrop.

Es dunkelt, die Atmosphäre ist gespannt und nun entkrampft oder trotz der Anspannung aus Unsicherheit gebannt. Mit einem Wort: Husten. Leichtes Krächzen, vermischt mit unsicherem Hüsteln, gepaart mit Räuspern sowie variiert mit zurückhaltendem Prusten und etikettiertem Schnäuzen.

Wichtig ist auch, vor allem bei Fieber oder verschleimten Atemwegen, viel zu trinken; drei Liter täglich sollten es bei einem Erwachsenen idealerweise sein. Dadurch wird zum einen der Flüssigkeitsverlust durch Schwitzen ausgeglichen, zum anderen verflüssigt das den Schleim.

Zum Glück kann man im Theatersaal nicht trinken, aber eben husten, manchmal auch bellen. Wenn dieses Bellen nur die Mauern erschüttern und die Zuschauer begraben würde. Dann wären die Leidenden erlöst.

Stelle man sich vor, dass es neue Regeln im Theater gebe oder einfach eine Rede mit folgendem Wortlaut: Guten Abend meine unversehrten Dam- und Herrschaften, Konsumenten, die sonst auch auf Filmfestspielen drei, vier oder fünf Filme einatmen und nun lediglich drei Stunden - und dies mit Pause - ausharren müssen. Halten Sie Ihre Köpfe still, stellen die Zwiegespräche mit Ihrem Nachbarn ein, dem Lebensgefährten, dem Sie auch sonst nichts zu sagen haben, also warum gerade jetzt. Und eine Bitte, wir geben ja zu, dass die Sitzabstände lediglich der Effizienz Genüge tun sollen und den Charakter von Gewinnairlines ohne Beinfreiheit haben, aber bitte lassen Sie die sonst von Ihnen so zaghaft geforderte soziale Ader einmal kräftig mit eigenem Blut durchströmen und schränken Ihren Kniesehnenreflex ein, der die Sitzreihen erbeben lässt und die Vorderfrau zum Todfeind macht. Sitzen Sie einfach da, wie Sie es auch sonst tun und fokussieren lediglich auf einen Sachverhalt - zumal Sie ja auch sonst nicht koordinieren können -, nämlich auf das Stück.

Aber nein...

Der Vorhang geht für die Schauspieler auf, obwohl die Zuschauer mit ihrem Krächzen Pausen und Unangenehmes parieren, aber aus Gagengründen nicht wahrgenommen werden. Also hustet man nun aus Enttäuschung.

Waren die Schauspieler nun gelöst? Nein, denn die Zuhörer oder besser Zuseher, eben die Konsumenten und Bewerter, die im Dunkeln angefangen haben Bonbons zu lutschen, waren nun an der Reihe. Das knisternde Papier wurde stundenlang gerafft, obwohl es nur Sekunden waren. Die klebrigen Finger wurden von saugenden Lippen eng umschlossen, damit die Zunge den Rest erledigen konnte.

Das macht Geräusche und macht dem Lutschenden Spaß, dem Nichtlutschenden weniger. Die Bonbonlutscher waren plötzlich in der dunklen Zuschauermasse entlarvt und waren mit den Hustenden wie verbündet und hörten nun mal gerade, als sie die Verbeugung realisierten, mit dem Lutschen auf. Sie waren fast überrascht, da das Stück nun offensichtlich beendet war und die Verneigung anstand.

Die Abstufung zwischen Innen- und Außenseite wird Pars Intermedia genannt und stellt das bekannte Lippenrot dar. Dieses mündliche Rot wird von einem verhornenden, nicht pigmentierten und sehr dünnen Plattenepithel überzogen, in das hohe Bindegewebspapillen hineinwirken. Dies ermöglicht den in der Lamina propria gelegenen Kapillarschlingen eine faszinierende Transparenz, die den Lippen auch das leuchtende Rot in beachtlicher Intensität schenkt. Dadurch wird ein absinkender Sauerstoffgehalt in den Kapillargefäßen unmittelbar als Blaufärbung der Lippen sichtbar. Das Lippenrot birgt nur wenige talgproduzierende Drüsen. Die Befeuchtung dieser Zone wird durch den bei der Nahrungsaufnahme und bei der Kommunikation entstehenden und nicht glitschigen, sondern unterstützenden Speichelfilm sichergestellt. Die Befeuchtung wird unterstützt, wenn bereits im Mund ein Bonbon, ein eingewickeltes Lutschobjekt, geleckt wird. Also bevor die Lippen kritisch gespitzt und zunehmend gespritzt und kreisförmig zum Husten geführt, sind sie nun wieder lippenrot und leuchten dem Schauspieler entgegen. Nur der sieht sie nicht, sondern hätte sich ebenso vor den schwachozonhaltigen Blauen verbeugt.

Die Schauspieler stört es nun auch nicht mehr, denn sie sind im Taumel, im Schwebezustand der Verbeugung. Die Zuschauer sind jetzt wach und klatschen und vergessen ihr Lutschen und Husten oder sind im Zwiespalt, ob nun Hüsteln oder Klatschen gewinnt. Egal welches Geräusch das die Eingenickten hochschrecken ließ. Es störte...dieses Lutschen und einhergehende Knistern, dieses Bellen und Keuchen, dieses Krächzen und heilanstalthafte und auswerfende Husten.

Nicht ohne Konsequenzen. Ich halte mir die Ohren zu, denn ich höre als einziger dieses unerträgliche Arbeiten in meinen Ohren. Ich will das weghaben, ich will das nicht mehr...und verlasse die Bühne, den Saal, die Stadt. Schade - die Vorstellung war wirklich nicht schlecht, ganz im Gegenteil, und meine Kollegen verbeugen sich so gekonnt. Ich bin sicher, dass schon bald Zuschauer und Darsteller getrennt werden, da der eiserne Vorhang funktioniert...Besonders wenn es brennt. Und das tut es. (geht ab)

(Musikeinsatz)

SPEKULANT/CONFÉRENCIER (tritt auf): Herrschaften, Damschaften, Phantasieschaften abgetaucht. (2. BASTIAN schaut durch eine Klappe; SPEKULANT/CONFÉRENCIER drückt 2. BASTIAN in den Kasten zurück, es gibt Widerstand)

Widerliche Kreaturen zurückgedrängt.

(2. BASTIAN taucht hinter einer anderen Klappe auf, SPEKULANT/CONFÉRENCIER ist irritiert und drückt 2. BASTIAN auch dort zurück)

Wabernde Gedanken eingefangen und Erinnerungen zurückgestellt. Windige Gestalten abgehängt. Immer wieder kriecht es hinaus und wird wieder wach. Längst zurückgestelltes ist wieder da. Dieses unermüdliche Quellen, wenn man sich plötzlich wieder an das Vergangene erinnert. Unaufhaltsam. Geister, die ich rief. Erst leise und dann immer lauter. Hinfort damit. Armer Bastian.

(tritt ab und geht an MARTA – BASTIANS Frau - vorbei, berührt sie)

2. Bild

(MARTA erscheint in einem blauen Sommerkleid mit Punkten, sie schwankt schnell im Ausdruck zwischen verliebt und aufreizend sowie bösartig und herablassend)

BASTIAN (tritt auf): Marta, bist du es?

MARTA: Sicher, wer sonst?

BASTIAN: Was machst du nur mit mir? Ich habe dich schon überall gesucht.

MARTA: Was du immer hast. Ich habe in der Küche die Mamsell angeleitet, den Teig vorzubereiten. Und nun ist alles fertig.

BASTIAN: Marta, ich bin noch nicht bereit.

MARTA: (fordernd, bestimmend) Du musst Nudeln essen, hörst du Nudeln, Nudeln musst du essen. Das wird dir gut tun.

BASTIAN: Ich habe keinen Hunger.

MARTA: Warum isst du eigentlich keine Nudeln? Du musst Nudeln essen. Nudeln.

BASTIAN: Ich sagte dir doch. Ich habe keinen Hunger. Ich möchte das jetzt nicht.

MARTA: Was du immer hast, andere essen auch Nudeln, immer nur Nudeln, nun mach schon. Es wird auch morgen Nudeln geben und übermorgen und den Tag danach, und den Tag nach dem Tag danach und auch nächste Woche und der Woche nach der Woche danach, und auch nächsten Monat und dem Monat nach dem Monat danach. Und auch nächstes Jahr und... (winkt ab) aber das ist ja klar.

BASTIAN (zum Publikum): In der Rue Lacine leben wir eben noch nebeneinander. Getrennt haben wir uns schon vor Jahren. Sie wohnt jetzt in der einen Haushälfte mit niedlichen grauen Fenstern, die immer verhangen sind. Los geh zurück ins Haus.

(MARTA kriecht durch die untere Klappe zurück ins Haus)

BASTIAN: Marta trug immer dieses blaue Sommerkleid...

(Musikeinsatz)

LUC (erscheint und spricht zum Publikum): ... mit den gelben Punkten als wär es ganz mit Senfflecken übersät. Sie nannte mich immer Schisserle wie ihren Mann oder Mäusepelz, wenn sie gute Laune hatte. An anderen Tagen war ich die Laus oder die Überflüssigkeit. Aber sie hatte selten gute Laune, wenn ich sie besuchte.

Oh Entschuldigung, ich habe mich nicht vorgestellt. Ich bin Luc, der Bruder von diesem Schauspieler. Meine Schwester Marta gab mir immer Aufträge, was ich zu tun hätte. Die Zeit, die sie mir zur Erledigung der Aufgaben gab, war immer viel zu knapp und so war der Ärger stets vorprogrammiert.

Einmal befahl sie mir, bei der Bäckersfrau in der Rue Lacine am Morgen frischen und mit einer süßen Vanillecreme gefüllten Zopfkuchen und ein Tütchen gebrannte Mandeln zu kaufen, obwohl sie wusste, dass erst mittags das Kandieren abgeschlossen war. Also kam ich nur mit dem Zopfkuchen nach Hause, der schon etwas angetrocknet war, weil ich in der Rue Lacine ja vergeblich auf die Mandeln wartete und mich nicht verspäten wollte. Sie mochte diesen Zopfkuchen, den sie in kleine Stücke teilte und in den starken Kaffee tunkte. Dabei tropfte die Vanillecreme in den Kaffee und verlieh ihm eine hellere Nuance. Aber ihr Mann wollte lieber gebrannte Mandeln zum Kaffee. Er mochte den Duft der mit der Zuckerkruste sorgfältig umschlossenen Mandeln. Nur bekam er nie welche, weil ich immer so früh losgeschickt wurde.

(Musikeinsatz.)

Der Kaffee reichte immer nur genau für sie und ihren Mann. Auch den Zopfkuchen aß sie ganz allein oder warf den Rest weg. So gab es für mich nie etwas ab, weil sie meinte: „Du brauchst das nicht essen, es gibt ja gleich Nudeln!". Sie beschwerte sich immer bei Ihrem Mann: „Dein Bruder hat es wieder nicht rechtzeitig geschafft! Und so müsst Ihr beide wieder Nudeln essen. Hörst du Nudeln. Ich werde sie für euch in Milch kochen" Aber warum sagt sie so etwas? Das ist doch eine Lüge und sie hat dich genarrt. Einmal tropfte etwas Vanillecreme auf das blaue Kleid mit den gelben Punkten, das aussah wie mit Ungeziefern überströmt, die sich dann sofort an die Creme heranmachten und sie aufsogen oder vertilgten; und sie schrie: „Hol nächstes Mal frischeren Zopfkuchen!". Aber ich war ja diesmal früher losgegangen, um auch noch gebrannte Mandeln für dich zu bekommen. Warum behandelt sie mich so? Warum behandelt sie dich so? Ich halte das nicht mehr aus.

Heute sehe ich das anders und bringe ihr noch manchmal Croissants mit Buttercreme mit, obwohl oder weil Ihr euch getrennt habt und hole dir eben später gebrannte Mandeln, wenn sie fertig sind. Das klappt jetzt gut. Selten esse ich die Croissants auch selbst und gehe an ihrem Haus vorbei und gehe zum Markt und hole für mich einige Salzheringe. Die schmecken gut zu den Buttercreme-Croissants.

Bastian, hörst du das? Sie ruft schon wieder nach dir. Vielleicht bilde ich es mir auch nur ein. So wie du immer diese Geräusche hörst, die kein anderer hört und dich so betroffen machen. Ja. Bald ist das auch vorbei. Der Bäcker in der Rue Lacine wird schließen. Die Leute reden schon. Und es kommt da ein Musikgeschäft rein.

(geht ab)

3. Bild

(Musikeinsatz)

(2. BASTIAN rennt hinter MARTA her als wolle er sie fangen. Dabei wird die Treppe von beiden bewegt. Beide sind verliebt. MARTA kreischt vor Vergnügen und rennt dann immer wieder fort, wenn 2. BASTIAN sie berührt. Nach einer Weile des Fangenspiels sitzen/stehen beide erschöpft auf der Treppe nebeneinander und lehnen den Kopf aneinander)

MARTA: Du musst mir versprechen, dass wir hier immer wohnen bleiben. Du bist ja so begabt und ich liebe die Rosenbüsche hinter dem Haus.

2. BASTIAN: Welche Rosenbüsche?

MARTA: Zugegeben, die sind noch etwas klein und sie müssen wachsen. Dann geh ich eben jede Stunde und hole Wasser zum Gießen. Wir haben doch Zeit. Alle Zeit der Welt in diesem Haus.

2. BASTIAN: Ich werde dann mal mehr auf die Rosen achten, wenn ich zum Theater gehe. Und jeden Tag werden sie ein Stück größer sein. Wie unser Glück in dem Haus. Meine Honigbiene.

(will ein Vogelhaus aufhängen, findet keinen Haken) Die vielen Vögel hinter dem Haus sollen hier auch etwas zur Ruhe kommen.

MARTA: Du wirkst in letzter Zeit so erschöpft. Was ist los mit dir?

2. BASTIAN: Es erdrückt mich alles so.

MARTA: Was erdrückt dich?

2. BASTIAN: Ich kann diese Stimmen nicht mehr hören.

MARTA: Nun sag doch was du meinst.

2. BASTIAN: Es ist so laut um mich herum. Und ich muss das abstellen.

MARTA: Du machst mir Angst. Was musst du abstellen?

2. BASTIAN: Wenn ich auf der Bühne stehe, ertrage ich diese Sehnsucht nicht. Diese Sehnsucht nach Vollkommenheit, die ich nicht erreiche. Du musst mir versprechen mir zu helfen, alleine kann ich das nicht. Es ist immer so unruhig um mich herum. Ich höre Geräusche, die andere nicht hören. Jeden Abend und manchmal immerzu. Es ist unerträglich.

MARTA: Das wird sich alles ergeben. Du bist überarbeitet. Lass dir mehr Zeit. Ich werde für dich sorgen.

2. BASTIAN: Ich habe keine Zeit und werde etwas verändern, bevor die Laute meinen Kopf beherrschen. Ich mache mich davon frei und dann wird für uns auch wieder alles klarer.

Ich muss über meine Lage nachdenken und schauen, wie ich sie für mich verbessern kann.

MARTA: Was geht nur in deinem Kopf vor? In deinen Windungen, hinter den Klappen und Türen.

Was bohrt nur in deinem Schädel und „zermartat" dich ständig? Komm zur Ruhe. Du musst los ins Theater. (2. BASTIAN geht langsam ab) Mein Schisserle. (ruft ihm nach) Und versprich mir, egal was passiert, wir bleiben hier. Hier in dem Haus. Hier in der Rue Lacine.

(Marta geht die Treppe hinauf und bleibt auf dem Kubus stehen. Sie macht Übungen zur Entlastung ihrer müden Beinmuskulatur und streckt sich, spricht dann von oben zum Publikum herab)

MARTA: Diese Treppe ist schon sehr steil. Am Anfang merkt man das ja gar nicht. Aber wenn Sie die zehnmal laufen müssen ist das schon anders. Ich meine nicht jeden Tag, sondern schon jede Stunde. Das mit dem Zehnmal kommt schon hin als ich Mutter pflegte. Ich will mich nicht beklagen. Schon gar nicht, weil es so lange her ist. Aber die Erinnerung ist jetzt wieder ganz nah. Ich hatte alles erfolgreich verdrängt, jedoch als ich diese Treppe sah, war alles wieder da. Alles da. Lieber wäre es mir, wenn es dort geblieben wäre. Aber jetzt ist wieder alles da. Das Bett in dem sie lag, dieser verhangene Raum und die verbrauchte Luft, die nur einer Kerze eine Chance gab. Draußen wartete der Lavendel vergeblich, ins Zimmer gelassen zu werden. Sie war so schwach und hatte immer Hunger. Also nicht wirklich Hunger oder vielleicht doch. Sie verstehen sehr bald, was ich sagen möchte.

Was schätzen Sie, was ein großer Topf voller Wasser und Nudeln wiegt? Ach egal. Das Thema ist zu ernst, um daraus ein Spiel zu machen. Der wird auch immer schwerer, wenn es wieder die Treppe hinauf geht. Wenn man dieses Monstrum hinaufträgt. Nach unten müsste es dann wieder leichter werden, wenn die Nudeln nicht im Topf, sondern im Bauch liegen. Genau das passierte nicht. Mutter wollte sie immer direkt aus dem Kochtopf und dem kochenden Wasser essen. „Nur so sind sie ganz frisch und schmecken besonders" sagte sie immer. Doch dann waren sie ihr zu heiß und sie wartete ab und schlief ein. Als sie kurz danach wieder wach wurde, waren ihr die Nudeln zu kalt und nicht mehr frisch genug. So befahl sie: „Los, hol neue Nudeln und wasch den Topf vorher gründlich aus!" Wir hatten nur diesen einen Topf und manchmal vergaß sie, dass der Auftrag, ach was der Befehl bereits erteilt war und somit verdoppelten sich die Wege auf der Stiege.

Das ging Jahre so. Bis an dem Abend im November, da war alles anders und auch der Lavendel wartete nicht mehr. Das war der Abend, an dem Mutter aufstand. Ihre Beine waren zu kraftlos, um mit ihr loszugehen. So kam sie schnell ins Schwanken und suchte Halt an der Lehne des schweren Holzstuhls, der an ihrem Bett stand. Er kippte kaum als Mutter stärker kippte. Es reichte, um sie und die Kerze, die auf dem Stuhl stand, in gefährliche Bewegung zu bringen. Mutter war schneller wieder im Gleichgewicht. Die Kerze nicht. Das Nachthemd fing sofort Feuer. Das war auch das erste was ich sah, als ich den Topf mit den Nudeln in dem kochenden Wasser hoch brachte. Sie schrie: „Tue doch was! Hol Wasser!" Und ich stand vor ihr mit einem großen Topf voller Wasser und Nudeln. Hätten Sie es getan? Ich konnte es nicht. Die Flammen waren schnell überall.

(geht ab)

(verstärkter Musikeinsatz)

4. Bild

(Musikeinsatz)

(SPEKULANT/CONFÉRENCIER erscheint und setzt Nebel ein; alternativ wirbelt er Kreidestaub auf)

2. BASTIAN (tritt auf. Von oben auf dem Kubus): Wenn ich es dir erzählen würde, würde sich nichts ändern. Wenn ich es dir nicht erzählen würde, würde sich nichts ändern.

Wenn ich Nudeln essen würde, würde sich nichts ändern. Wenn ich nicht Nudeln essen würde, würde sich nichts ändern.

Wenn wir zusammenleben würden, würde sich nichts ändern. Wenn wir nicht zusammenleben würden, würde sich nichts ändern.

Wenn ich jetzt weggehen würde, würde sich nichts ändern. Wenn ich jetzt nicht weggehen würde, würde sich nichts ändern.

Ich kann es nicht einfach so alles lassen, weil es mich betrifft.

Manchmal wünschte ich, ich könnte dich so schnell wieder in meinen Kopf zurückdrängen wie du mir einst erschienen bist.

Wir sind so schön, weil wir so viel machen.

(BASTIAN, MARTA, LUC treten auf)

BASTIAN: Wir sind so verbraucht, weil wir so viel planen.

2. BASTIAN: Wenn ich plane, das Theater anzustecken, weil es mich erdrückt, würde es sich ändern.

MARTA: Was redest du denn da? Was brennt dir so auf der Seele, dass du es anzünden musst?

LUC: Nun mach doch nicht so was.

BASTIAN: Ich hörte Stimmen und nun ist es leise. Der Eiserne Vorhang ist günstig für so einen Fall. Wie die Guillotine, so etwas Endgültiges.

(hörbares Feuer)

LUC (zu BASTIAN): Ich habe Rauchschwaden gesehen. Hattest du etwas damit zu tun?

(BASTIAN winkt ab und zeigt auf 2. BASTIAN, der wiederum auf den nächsten zeigen will und keinen vorfindet, den er beschuldigen kann)

5. Bild

(Musikeinsatz)

(MARTA geht mit Schüsseln voller Wasser rückwärts eine Treppe hinauf und verschüttet Wasser)

(2. BASTIAN zieht ein Bassin hervor; MARTA schüttet aus großen Schüsseln Wasser aus der oberen Tür des Hauses in das Bassin)

MARTA (liebevoll): Wir haben heute wieder ordentlich gekocht und nun muss alles wieder sauber werden. (ambivalent) Hörst du, sauber muss es werden. Ich werde dich gut versorgen, ich werde mich immer um dich kümmern und für dich kochen. Ich werde immer bei dir bleiben. Nun sag doch schon was.

(2. BASTIAN fällt ins Wasser und versucht immer wieder aufzustehen, was nicht gelingt)

MARTA (schüttet Wasser nach): Hast du dir die Hände gewaschen? Das musst du nächstes Mal vor dem Essen machen. Dann schmecken die Nudeln auch viel besser. Hast du gehört Schisserle?

MARTA: Lass uns heute Abend ausgehen; vielleicht nimmst du vorher ein Bad. Damit du bereit bist für die Kunst. Spielst du diesmal selbst oder schauen wir nur wieder zu? Sprich doch mit mir.

(2. BASTIAN versucht zu antworten und fällt dabei immer wieder hin)

MARTA: Du musst ordentlich aussehen. Deine Kleidung muss mal wieder dringend gewaschen werden. Ach was, ich bringe sie lieber in die Reinigung, dann haben wir mehr vom Tag. Was ist los Schisserle? Die Tage werden länger, wenn du nichts sagst. Ich fühle mich dann als wenn du mir den Boden unter den Füssen wegziehst.

(2. BASTIAN fällt erneut hin)

MARTA: Du musst mehr mit mir reden, dann komme ich auf andere Gedanken. Ich glaube du liebst mich nicht mehr.

(MARTA geht ab)

(2. BASTIAN schafft es plötzlich leicht aufzustehen, irritiert und geht ab)

BASTIAN (erscheint in der unteren Tür)

(MARTA erscheint etwas später und steht versetzt hinter BASTIAN und souffliert, BASTIAN wiederholt jedes Wort)

MARTA: Entschuldigen Sie, wenn ich dem Schauspiel den Rücken kehre, aber ich habe zu Hause viel zu tun.

BASTIAN (wiederholt): Entschuldigen Sie, wenn ich dem Schauspiel den Rücken kehre, aber ich habe zu Hause viel zu tun.

(BASTIAN schaut sich kurz um und will nicht wiederholen was MARTA vorgibt, tut es aber dann doch)

MARTA: Das Wasser und die Wäsche müssen zusammengebracht werden. Das braucht seine Zeit.

BASTIAN (wiederholt): Das Wasser und die Wäsche müssen zusammengebracht werden. Das braucht seine Zeit.

MARTA: Du bist ein Narr...

BASTIAN (wiederholt): Du bist ein Narr...

MARTA (flüstert): Nein, Ich bin ein Narr...

BASTIAN (wiederholt dann für MARTA richtig): Ich bin ein Narr, wenn ich Böses dabei denke.

MARTA: Ich bin entzückt, wie du das alles machst.

BASTIAN: Es ist aber alles nur geschäftlich.

MARTA: Nein, nein es ist eine Familienangelegenheit. Es fördert die Gemeinschaft im engeren und das Zwischenmenschliche und auch das kleinstädtische Zusammenwirken im Allgemeinen. Und das Provinzielle auf dem fast Lande sowieso. Diese Unabhängigkeit macht es quasi so abhängig. Es wirkt eben überall.

(LUC übertrieben und kurz sichtbar aus einer Klappe): Was?

(2. BASTIAN übertrieben und kurz ebenfalls neben BASTIAN sichtbar): Was?

BASTIAN: Was?

MARTA: Ja klar!

BASTIAN: Ja klar.

(SPEKULANT/CONFÉRENCIER erscheint und begutachtet das Haus)

(Musikeinsatz)

MARTA (extrem theatralisch und laut): Etwas mehr Respekt vor meinen Mann, wenn ich bitten darf. Der hat die ganze Zeit gearbeitet und jetzt ist ihm nichts geblieben. Gebt ihm einen Sinn im Leben. Nein ich werde jetzt dein Sinn sein und dir zu Essen geben, dann kommst du nicht auf dumme Gedanken.

MARTA (sieht den SPEKULANTEN): Was Scharwenzeln Sie eigentlich hier herum? Sie lungern und glotzen ohne Unterlass.

MARTA (zu BASTIAN): Frag du ihn mal, was er so treibt. Ich habe noch zu tun (geht ab).

BASTIAN: Wer sind Sie?

SPEKULANT/CONFÉRENCIER: Ich bin der Spekulant.

BASTIAN: Wer sind Sie?

SPEKULANT/CONFÉRENCIER: Ich bin der Spekulant. Ich spekuliere.

BASTIAN: Und auf was spekulieren Sie?

SPEKULANT/CONFÉRENCIER: Auf Ihr Haus.

BASTIAN: Was wollen Sie?

SPEKULANT/CONFÉRENCIER (übertrieben, un-verständlich, als ob er ihn nicht gehört hat): Ihr Haus

SPEKULANT/CONFÉRENCIER: Was wollen Sie dafür haben? Nun sagen Sie schon.

BASTIAN: Ich will, ich wollte ja gar nicht...das ist ja nun ein bisschen plötzlich. Also so was kommt ja nicht so oft vor.

SPEKULANT/CONFÉRENCIER: In der heutigen Zeit schon. Ich rechne Ihnen das mal vor. Also... (schreibt irgendwelche Zahlen an die Häuserwand und äußert unverständliche Worte) ...Also was denken Sie? Ist das genug für das Haus?

BASTIAN: Also ich weiß nicht. Klingt ja nicht so viel.

SPEKULANT/CONFÉRENCIER: Es ist ja auch be-schmiert.

MARTA (erscheint erneut): Was will denn der Mann?

BASTIAN: Er will das Haus.

MARTA: Das gibt's doch gar nicht. Hat er denn eine Summe genannt?

SPEKULANT/CONFÉRENCIER: Schöne Frau, Ihr Kleid steht Ihnen außerordentlich gut. Ich dachte da so an...(nennt unverständlichen Wert)

MARTA: Das klingt ja gar nicht so wenig. Ist da noch mehr drin? (verkauft) Es ist sehr schön hier…(zweifelt kurz) Obwohl hier ist ja nicht direkt das Meer.

SPEKULANT/CONFÉRENCIER: Da kann man ja eins hin bauen. (kalkuliert erneut an der Häuserwand) Was halten Sie von…? (unverständlich)

MARTA: Ist gemacht (und geht ins Haus zurück).

SPEKULANT/CONFÉRENCIER: Eine tolle Frau haben Sie.

BASTIAN: Das ist nicht mehr meine Frau.

SPEKULANT/CONFÉRENCIER: Ist ja auch egal. Ich mache dann mal die Papiere fertig. Wenn Sie schon mal das Geld aufbringen. Bin bald zurück. (tritt hektisch ab)

BASTIAN (irritiert): Warum soll ich denn für etwas bezahlen was mir gehört?

SPEKULANT/CONFÉRENCIER (kommt zurück; achtet darauf, dass MARTA nicht zuhört): Ihnen gehört doch nur die eine Hälfte; die andere Hälfte gehört doch Ihrer Frau.

BASTIAN: Sie ist nicht mehr meine Frau.

SPEKULANT/CONFÉRENCIER: Genau deshalb.

BASTIAN: Wie?

SPEKULANT/CONFÉRENCIER: Das ist doch ganz einfach. Wenn Sie das Geld für die Haushälfte Ihrer Frau auftreiben und mir beide Teile verkaufen, kann ich Ihnen quasi das gesamte Haus überschreiben.

BASTIAN: Ich könnte doch die eine Hälfte direkt meiner Frau abkaufen.

SPEKULANT/CONFÉRENCIER: Eben nicht. Sie haben doch gesagt, dass sie nicht mehr Ihre Frau ist. Demzufolge würde Ihre Frau doch den Preis hoch treiben, um Ihnen eins auszuwischen. Und wenn Sie dann das Geld nicht aufbringen können, gehört Ihnen ja nur weiterhin die Hälfte. Und was wollen Sie mit einem halben Haus?

BASTIAN: Das leuchtet ein.

SPEKULANT/CONFÉRENCIER (selbst irritiert): Sehen Sie. Also vertrauen Sie mir. Ich bräuchte das Geld erst morgen. Die Preise für Häuser steigen gerade schnell.

BASTIAN: Wo soll ich denn das viele Geld hernehmen?

(Musikeinsatz)

SPEKULANT/CONFÉRENCIER: Haben Sie keinen Verwandten? Und außerdem steigt ja der Wert des Hauses und wenn Sie es später mal verkaufen verdient Ihr Verwandter ja quasi, also so ziemlich ordentlich, so ganz richtig kräftig, nämlich wahnsinnig fast beachtlich mit.

BASTIAN: Ich verstehe kein Wort.

SPEKULANT/CONFÉRENCIER: Das müssen Sie ja auch nicht. Ich brauche ja nur das Geld…Also hopp hopp. Bin morgen zurück. Einen guten Tag. Ach noch eins, das bleibt doch unter uns…oder? Sie wollen doch die Erinnerungen an das Haus als Ganzes behalten.

BASTIAN: Was? Ja natürlich. Was ist schon eine halbe Erinnerung.

SPEKULANT/CONFÉRENCIER (legt den Arm um BASTIAN): Wir verstehen uns.

SPEKULANT/CONFÉRENCIER
(singt/Sprechgesang):

Und schauen

Und trauen

Und bauen

Und hauen

Und denken

Und lenken

Und zänken

Und schenken

Und träumen

Und bäumen

Und schäumen

Zu bereuen gibt es diesmal nichts

(pfeift zum Abgang)

6. Bild

(Musikeinsatz)

(Ein Fenster öffnet sich)

LUC (schaut heraus und winkt): Hast du schon das lange erwartete Soloalbum der Guano-Apes-Front-Frau gekauft?

BASTIAN: Nein, ich habe noch nicht das schon lange erwartete Soloalbum der Guano-Apes-Front-Frau gekauft.

LUC: Hast du schon gesehen, dass es in dem kleinen Laden in der Rue Vincent besonders weiche Nappalederbörsen gibt?

BASTIAN: Nein, ich habe noch nicht gesehen, dass es in dem kleinen Laden in der Rue Vincent besonders weiche Nappalederbörsen gibt.

BASTIAN: Hast du denn deinen Anrufbeantworter abgehört?

LUC: Ich habe heute meinen Anrufbeantworter abgehört.

BASTIAN: Was war denn drauf?

LUC/BASTIAN (Anrufbeantworter synchron gesprochen):

Halihalöchen, hier ist Pamela. Na ihr zwei Hasenschnecken, wie geht`s? Wollt' mal horchen was ihr so treibt. Am Sonntag ist es soweit. Oscar-Night. He he.

LUC: Oskar ist ein schöner Name.

BASTIAN: Ja, kommt aus dem Französischen.

LUC: Ich dachte aus der Mülltonne.

BASTIAN: Du willst also über saubere Umwelt reden.

LUC: Grubenarbeiter sind sauber.

BASTIAN: Wie kommst du darauf?

LUC: Ich kannte mal einen sehr sauberen bretonischen Grubenarbeiter.

BASTIAN: Mit olivgrünen Latzhosen?

LUC: In Frankreich gibt es keine Oliven.

BASTIAN: Sondern?

LUC: Staudämme.

BASTIAN: Staudämme sind ausgesprochen sauber.

LUC: Wenn man sie richtig behandelt.

BASTIAN: Man muss sie regelmäßig wässern.

LUC: Wen? Mich?

BASTIAN: Nein, die Staudämme - Jetzt habe ich den Faden verloren.

LUC: Weißt du noch wo?

BASTIAN: In meiner Vergangenheit.

LUC: Du hast in der Vergangenheit den Faden verloren?

BASTIAN: Nun, ich befürchte ja.

LUC: Was war das für ein Faden?

BASTIAN: Ein drei Meter langer Nylonfaden.

LUC: Aus Baumwolle ?

BASTIAN: Nein aus Paris.

LUC: Ich war auch mal an der Leine.

BASTIAN: Schöner Fluss. Nette Leute.

LUC: Woher weißt du das?

BASTIAN: Ich muss es wissen.

LUC: Ach ja. Du bist Schauspieler.

BASTIAN: Ich kann nicht mehr.

LUC: Ich auch nicht.

BASTIAN: Der Text ist krass.

LUC: Für wen? Für die Zuschauer?

BASTIAN: Nein für uns.

LUC: Da kannst du jeden fragen.

BASTIAN: Jeden ist ein schöner Name.

LUC: Jeden kommt aus dem Friesischen.

BASTIAN: Du verwechselst das mit Jever.

LUC (schüttet BASTIAN Wasser ins Gesicht)

BASTIAN: Ich trinke kein Bier. Ich trinke Wein. Wir sind in Frankreich.

LUC: Dann gehen wir.

BASTIAN: Mit erhobenen Kopf?

LUC: Nein mit Musik – im Danse des Pains, im Tanz der Brote, im Tanz der rastlosen Vergangenheit, im Tanz der ungeduldigen Tausendfüßer.

(Musikeinsatz)

(Von der Treppe herab und aus den Türen heraus kommen die Darsteller und tanzen)

BASTIAN: LUC, kannst du mir mal unter die Arme greifen?

(LUC versucht von vorne und von hinten BASTIAN tatsächlich unter die Arme zu greifen)

BASTIAN (nach einer ganzen Weile): Doch nicht so. Ich brauche etwas Geld.

LUC: Wofür denn?

BASTIAN (flüstert LUC ins Ohr)

LUC: Was?

BASTIAN (flüstert erneut LUC ins Ohr)

LUC: Ist das nicht sehr gewagt?

BASTIAN (flüstert erneut LUC ins Ohr)

LUC: Wie viel brauchst du denn?

BASTIAN (flüstert erneut)

LUC: Nein!?

BASTIAN (flüstert erneut)

LUC: Und das ist wirklich ein gutes Geschäft?

BASTIAN: Ja, denk doch an die ganzen Erinnerungen.

LUC (zögert und gibt dann BASTIAN einen dicken Umschlag)

SPEKULANT/CONFÉRENCIER (erscheint plötzlich aus dem Nichts und greift von oben den Umschlag weg): Vielen Dank Jungs. Das ist eine gute Investition.

7. Bild

(Musikeinsatz)

(BASTIAN steht im Vordergrund und spricht in Richtung Publikum zum 2. BASTIAN, der erscheint im Hintergrund und läuft eine Treppe schnell hinauf und hinunter)

BASTIAN: Ich höre immer noch, wie sich das Gebälk im Theater zusammenzieht. Mach doch nicht so einen Lärm. Du weißt doch, dass ich das nicht aushalte. Ich dachte, das gibt sich mit den Jahren und ist dann irgendwann verschlossen in meinem Kopf und tritt nicht mehr hinaus, wo es wehtut. Aber genau das tut es nicht. Hörst du? Damals wollte ich dir fast danken als du das Feuer gelegt hast. Du bist zu weit gegangen und wozu war deine garstige Mühe wenn es nach wie vor hier drin herumspukt!?

2. BASTIAN (bleibt erschöpft stehen und spricht zu sich) Ich höre, wie sich das Gebälk im Theater zusammenzieht. (Schaut nach oben als ob es brennt und die Decke einstürzt) Mach doch nicht so einen Lärm. Du weißt doch, dass ich das nicht aushalte. Das wird sich mit den Jahren geben und bleibt dann irgendwann verschlossen in meinem Kopf und tritt nicht mehr hinaus, wo es wehtut. (zu sich) Das wird schon. Hörst du? Ich wollte mir einen garstigen Gefallen tun und bin mit dem Feuer zu weit gegangen? Ich will nur, dass ich dann mehr Ruhe habe.

2. BASTIAN (spricht zu BASTIAN): Wach doch auf. Du gehst hier noch zugrunde, wenn du nicht endlich etwas tust. Die Geräusche fressen dich auf. Du elender Narr. Wie lange glaubst du kannst du noch im Verborgenen bleiben? Irgendwann wird der Tag kommen und dann bricht alles zusammen. Geh fort aus dem Haus und verlass die Stadt.

BASTIAN: Und du geh zurück in den Kopf, wo du hergekommen bist. Ich will das alles nicht mehr hören. Lass die Vergangenheit ruhen.

(beide gehen ab)

8. Bild

SPEKULANT/CONFÉRENCIER (klopft an die untere Tür; MARTA öffnet die obere): Ich habe Ihnen ja versprochen, einen guten Preis für Ihr Haus zu zahlen. Sagen Sie aber Ihrem Mann nicht, dass Sie mich heruntergehandelt haben (augenzwinkernd). Nehmen Sie diesen Umschlag (gibt ihn umständlich nach oben). Da dürfte genug für das Haus drin sein. Man kann Ihnen gratulieren. Ist das nicht großartig, wie sich nun alles wendet? Da haben Sie einen ordentlichen Batzen. Nun nehmen Sie schon. So ein Angebot gibt es nicht jeden Tag.

MARTA: Ja gut, da wird er sich freuen, dass ich so einen guten Preis erzielt habe. Aber sagen Sie ihm nichts, ich will ihn überraschen...Ich werde den Umschlag schnell wegstecken (MARTA legt den Umschlag ungeöffnet schnell weg; MARTA und SPEKULANT/CONFÉRENCIER geben sich umständlich die Hand) Das Haus gehört jetzt Ihnen...Schade, wir hingen sehr an dem Haus, aber was sind schon Erinnerungen. Wir haben sie doch alle in unserem Kopf und die kann uns niemand nehmen. Das war der einzige Ort, an dem ich mich mal wohlgefühlt habe. Und jetzt haben wir die Chance auf einen Neuanfang nach unserer Trennung. Einen Neuanfang, ich und mein Schisserle. Weit weg von der Rue Lacine.

SPEKULANT/CONFÉRENCIER (geht schnell ab und ruft): Ja was sind schon Erinnerungen. Erinnerungen kann man verdrängen…Sie haben ein wirklich schönes Kleid. Das steht Ihnen ganz ausgezeichnet.

MARTA: Vielleicht gehen wir ans Meer. Ich liebe diese Klippen, die einem den Atem nehmen.

LUC (tritt auf und spricht zu BASTIAN, der aus der unteren Tür schaut): Der Inhaber vom Musikgeschäft erzählt MARTA hätte das Haus verkauft und einen guten Preis erzielt. Sie trug einen Umschlag in der Hand, der aussah wie meiner, den ich dir gegeben hatte. Und ein SPEKULANT habe das Dorf verlassen.

BASTIAN: Was hat Sie?

(MARTA steht auf dem Dach und zerreißt weiße Papierstreifen, die sie aus einem Umschlag zieht; sie wirft die Teile in die Luft)

LUC: Wenn das wahr ist, hast du mich ruiniert.

BASTIAN: Ich verdammter Narr.

(Die Kubusteile werden gedreht und stehen wie zwei große Stühle da; der Blick ins Innere wird frei; währenddessen geht LUC ins Haus und erschießt sich)

9. Bild

(Es ist nun die offene Seite des Kubus sichtbar)

(BASTIAN und MARTA sitzen wie auf großen Stühlen Rücken an Rücken)

(Im Inneren steht 2. BASTIAN und hält sich die Ohren zu und läuft im Kreis umher; öffnet die Verbindungen und schiebt die Kubusteile zwischen BASTIAN und MARTA auseinander; es bildet sich eine Gasse und geht dann ab)

MARTA: Ich mochte deinen Dialekt, als du frisch aus dem Süden kamst. Deine Mundart war so souverän naiv als ich dich traf. Ich mochte das so sehr, oh wie ich das mochte, diese natürliche Art. So lockig und ungestüm. Was ist nur aus uns geworden?

BASTIAN: Du warst früher auch entspannter und du hast mich eben gut gefüttert, auch wenn es mir nicht wirklich geschmeckt hat. Es tut mir leid, das zu sagen. Manchmal braucht es Zeit bis die Wahrheit sich traut.

MARTA: Das mit dem Neuanfang wird wohl nichts oder?

BASTIAN (steht auf und geht den entstandenen Weg nach hinten ab)

(Marta versucht ebenfalls vom Kubus herunterzukommen um BASTIAN zu folgen, bleibt aber am Rand baumelnd hängen)

SPEKULANT/CONFÉRENCIER (tritt auf): Oh wie dramatisch und so deprimierend. Na habe ich Ihnen zu viel versprochen? Was soll jetzt da noch kommen? In dem Kubus ist viel drin, aber jetzt ist er hohl (klopft an seinen Kopf, lacht). Erinnerungen sind herumgekrochen und hängen in der Luft.

(trägt MARTA herunter und hilft ihr auf die Beine, gibt ihr einen Klapps auf das Gesäß)

Los rasch zurück in den Kopf (MARTA geht ab). Bald ist alles vergessen und wieder eingesperrt. Verschlossen hinter den Sinnesöffnungen. Wieder da, wo es lauert irgendwann befreit zu werden. Deshalb noch einmal losgelassen. Nur noch einmal zugelassen. Auf zum Tanz ein letztes Mal...

(Musikeinsatz wie bei Tanz Bild 6; das gesamte Ensemble tanzt, daraus direkt „Verbeugung")

(Abbau des Kubus/Bühnenbild als „Entblößung" möglich)

48

Mein klarer Dank an die Schauspielerin und die Schauspieler und Künstler vor und hinter der Bühne und an das kraftvolle, atemwegsentspannte und der Kunst zugewandte Publikum

Zeitfracht Medien GmbH
Ferdinand-Jühlke-Straße 7
99095 Erfurt, Deutschland
produktsicherheit@kolibri360.de